I0686672

LE DIVORCE,

COMÉDIE

EN DEUX ACTES, EN VERS.

PAR LE CITOYEN DEMOUSTIER.

Prix, 30 sols.

A PARIS,

Chez MARADAN, Libraire, rue du Cimetière-
André-des-Arts, n° 9.

L'AN TROISIÈME DE LA RÉPUBLIQUE.

YTh.
5259

PERSONNAGES.

GUILLAUME, bourgeois de village.

MARTIN, valet de cour.

UN JUGE DE PAIX.

THERESE, épouse de Guillaume.

UN ENFANT de huit ans.

La scène se passe à la campagne.

LE DIVORCE,

COMÉDIE.

ACTE PREMIER.

*Le théâtre représente l'intérieur de l'habi-
tation de Guillaume : au fond, la porte
d'entrée ; à droite, la porte de la chambre
à coucher : à gauche, une petite table,
près d'une porte, au-dessus de laquelle
est une croisée ovale.*

SCÈNE PREMIERE.

MARTIN *seul, entrant avec précaution, et tenant un
papier imprimé.*

Il n'est pas encor jour chez ma chère Thérèse.
Elle est sans doute avec son éternel mari,
Son Guillaume.... Et moi ! moi ? je me morfonds ici.
Guillaume ! ce nom-là me fatigue et me pèse.
Un Guillaume rival de moi, monsieur Martin,
Noble, ou peu s'en falloit. Moi qui, par mon mérite,
Aux faveurs de la Cour me frayant un chemin,
Habillois un ministre, et protégeois sous main
　　　Une sultane favorite!
Retiré dans ces lieux, j'y conçois quelque goût
Pour un petit minois campagnard.... Point du tout !
Un ... mari me supplante. Ah ! j'en rougis de honte.

A

J'ai voulu les brouiller trente fois, mais en vain :
Les séparations sont si longues ! Enfin
　　(montrant l'imprimé.)
Voici qui nous indique une marche plus prompte.
Les époux désormais par les nœuds de l'hymen,
　　　Ne seront plus unis de force.
La belle invention que celle du Divorce !
　　　On se prendra, se quittera,
　　　Se reprendra quand on voudra.
Ainsi par des contrats, ou de vente ou d'échange,
　　　Tout le sexe circulera ;
　　　Et bientôt pour ces effets-là
　　　Nous aurons des Agens de change.
Mais il faut à ce point amener les esprits.
　　　Se planter-là comme on s'est pris,
　　　Dès long-temps, c'est une misère,
　　　Une bagatelle à Paris :
　　　Au village, c'est une affaire.
Poursuivons celle-ci : brouillons nos bonnes gens.
Hier, j'ai préparé leurs esprits, et j'espère....
　　(il écoute à la porte de la chambre)
　　　Bon ! je crois que je les entends

　　　　　　　　　　(avec dépit).

Se quereller encor....Fort bien !.. Ciel ! on s'embrasse !
　　(à ce bruit.)
　　　　C'est pour me narguer.... Les voici.
Exposons ce papier bien vite à cette place ;
　　　Nous en verrons l'effet d'ici.

　　(il pose le papier sur la table, et se cache au fond de
　　　　la scène.)

SCENE II.

THÉRÈSE, GUILLAUME, *tenant leur fils par la main.*

GUILLAUME, *gaîment en entrant.*

Allons, n'en parlons plus, et que tout soit fini.
(*à l'enfant*).
Embrasse votre mère. (*il présente l'enfant à la mère.*)

THÉRÈSE *de même, après l'avoir embrassé.*
Embrassez votre père.

L'ENFANT, *regardant sur la table.*
Le déjeûné n'est pas prêt?

THÉRÈSE *à Guillaume, tendrement.*
Mais aussi
Nous nous sommes levés un peu tard aujourd'hui.

GUILLAUME.
T'en plaindras-tu, ma Thérèse?

THÉRÈSE, *vivement.*
Au contraire :
Les momens que l'on passe auprès de son ami
(*vers la porte à droite.*)
Sont si doux!... Servez-vous!... Quelle lenteur extrême!...

GUILLAUME.
Patience!

THÉRÈSE, *vivement.*
Le bon petit,
Quand on veut être bien servi,
Tiens, c'est ce soi-même. (*elle sort en courant.*)

L'ENFANT.
Papa, veux-tu que j'aide maman?

GUILLAUME, *le caressant.*
Oui. (*l'enfant court après sa mère.*)

A 2

SCÈNE III.

GUILLAUME, *seul*.

QUELLE vivacité!..J'en ai ma part. Aussi,
  Je ne crois pas qu'il existe un ménage
    Plus orageux , ni plus uni.
    Hier encor , quel orage !
    Ma foi , sans notre bon voisin,
Qui chez nous vient souvent rétablir l'harmonie,
  C'en étoit fait : Thérèse étoit partie. . .
    (*gaîment.*)
    Pour revenir le lendemain.
Si ce jour-ci pouvoit se passer sans nuage,
Ce seroit le premier, à peu de chose près.
    Voilà pourtant le mariage !
    Mais après la guerre , la paix.
    Du traité l'Amour fait les frais ;
    Et l'on s'en aime davantage.

SCÈNE IV.

GUILLAUME, THÉRÈSE et L'ENFANT,
portant le déjeûner.

L'ENFANT.

PAPA, l'on a servi.
    THÉRÈSE, *gaîment.*
    Monsieur veut-il s'asseoir?
    GUILLAUME, *de même.*
Madame, en vérité, je suis au désespoir
  De la peine que je vous donne.
(*On s'assied. Thérèse sert ; Guillaume parcourt le papier que
    Martin a laissé*).

COMÉDIE.

THÉRÈSE, *servante.*

Quel est donc ce papier ?

GUILLAUME, *lisant.*

Journal des Boulevards.

THÉRÈSE.

Que de journaux ! Cela tombe de toutes parts
Comme les feuilles en automne.

GUILLAUME, *vivement.*

Eh, mais ! c'est le décret du divorce ! (*ici l'on déjeûne*).

THÉRÈSE, *tendrement.*

Je croi

Que nous en ferons peu d'usage.

GUILLAUME.

Je le pense assez comme toi :
Ce décret n'est pas fait pour des gens de village.

THÉRÈSE.

Si l'ambition, si l'orgueil,
Ne régloient pas toujours les mariages ;
Ses liens du bonheur ne seroient pas l'écueil :
Les époux seroient moins volages ;
Les épouses seroient plus sages ;
Et par l'hymen, quand on seroit lié,
Le cœur, pour respecter ses chaînes éternelles ;
Ne suivroit d'autres loix que celles
De l'Amour et de l'Amitié.

GUILLAUME.

Je conseille aux amans d'user de ma recette :
Pour devenir heureux mari,
D'abord, gardez-vous bien d'une femme coquette ;
Car, dieu merci, l'espèce en fourmille aujourd'hui.
D'une telle moitié, lorsque l'on fait emplette,
On l'épouse bien moins pour soi que pour autrui.

Choisissez, s'il se peut, une Beauté timide ;
    Un caractère égal et doux ;
        Point de brillant ; mais un esprit solide ;
De la simplicité dans les mœurs, dans les goûts ;
    Un cœur tendre où l'amour réside
        Sous le voile de la pudeur.
    (*montrant Thérèse.*)
Que si vous y joignez la grace, la fraicheur ;
Cela n'y gâte rien ; mais bientôt cela passe.
Pour prévenir l'ennui de la satiété,
Il faut que la vertu survive à la beauté.
Si l'amour fuit alors, l'amitié le remplace.

                THÉRÈSE.
Oui ; je crois, comme toi, qu'il faut bien réfléchir ;
    Faire un bon choix, puis s'y tenir ;
(*lui donnant la main*).
Et je m'y tiens.

            GUILLAUME, *gaîment.*
        Moi donc ! .. Mais, entre nous, je pense
    Que ton sexe aisément pourrait
    Rendre nul ce nouveau décret.

                THÉRÈSE.
Comment ?

                GUILLAUME.
        Par la douceur et par la patience.
Quand nous avons des torts, ayez la complaisance
    De nous plaindre et de les souffrir.
Le moyen le plus sûr de les faire sentir
        C'est la tendresse et le silence.

                THÉRÈSE.
Ah ! je te vois venir.

            GUILLAUME, *insistant.*
            Plus l'homme est ménagé

(Quand il a tort) , par l'épouse qu'il aime,
Plus il s'en accuse lui-même ,
Et plutôt il est corrigé.

THÉRÈSE, *avec aigreur.*

A ce qu'on dit.

GUILLAUME.

La chose est sûre.

THÉRÈSE, *vivement.*

Comment ! vous prétendez que notre sexe endure
Vos caprices , vos torts , vos humeurs ? Eh ! pourquoi ?

GUILLAUME.

Parce que. . . .

THÉRÈSE, *se levant brusquement.*

Parce que vous avez fait la loi.

GUILLAUME, *tranquillement.*

Cédez. . . .

THÉRÈSE.

Vous en parlez, monsieur, fort à votre aise :
Cédez ! . . . cédez vous-même.

GUILLAUME, *se levant tranquillement.*

Ecoutez-moi, Thérèse :
Hier. . . .

THÉRÈSE.

Hier vous aviez tort.

GUILLAUME, *s'échauffant.*

Mais avant-hier ? . . .

THÉRÈSE.

Mais avant-hier encor ,
Et tous les jours.

GUILLAUME, *vivement.*

Voilà ce qui s'appelle. . .

THÉRÈSE, *plus vivement.*

Parler juste.

(*Ici l'enfant se lève.*)

GUILLAUME, *en colère.*

Comment ! vous osez soutenir ! . . .

THÉRÈSE, *avec obstination.*

Oui, monsieur.

L'ENFANT, *à sa mère, tendrement.*

Maman ! . . .

THÉRÈSE, *vivement.*

Paix !

SCENE V.

Les précédens ; MARTIN, *observant.*

MARTIN, *à part, avec joie.*

On commence à s'aigrir;

THÉRÈSE, *à Guillaume.*

Vous, me faire céder !

GUILLAUME.

J'espère y parvenir.

THÉRÈSE.

L'aventure seroit nouvelle.

Une femme !

GUILLAUME, *d'un ton menaçant.*

Avant peu tout ceci va finir.

THÉRÈSE, *avec emportement.*

Nous verrons !

GUILLAUME, *de même.*

Nous verrons.

THÉRÈSE.

Voilà comme vous êtes :

A vous entendre tous, les femmes ne sont faites

Que pour vous adorer et pour vous obéir.

(Ici l'Enfant se met entre eux, et cherche à les appaiser.)

GUILLAUME.

Je ne dis pas cela, mais.....

THERESE.

Mais, au fond de l'ame
Vous le pensez. Et moi, je soutiens qu'une femme
N'est pas faite pour supporter
Votre orgueilleux pouvoir, vos absurdes caprices;
Que vos droits prétendus sont autant d'injustices,
Et que, quand l'homme a tort, c'est à la femme à céder.

MARTIN, *à part.*

Ceci va bien!

GUILLAUME, *avec aigreur.*

Eh mais! qui vous dit le contraire?

L'ENFANT.

Papa, ne gronde pas maman!

THERESE, *serrant son fils dans ses bras.*

Embrasse-moi. Tu seras, mon enfant,
Plus raisonnable que ton père.

GUILLAUME, *avec sévérité, faisant sortir l'enfant.*

Ma femme, l'amour conjugal
De vos vivacités peut supporter l'offense;
Mais dans le cœur de l'Innocence,
Respectez l'amour filial.
Le mépris des enfans va plus loin qu'on ne pense.
Si notre fils pouvoit cesser de m'estimer,
Vous même il cesseroit bientôt de vous aimer.
Eh! grands dieux! aux vertus qui formeroit son ame,
S'il ne nous aimoit plus!.... Si j'ai des torts, ma femme,
Taisez-les, non pour moi, ni pour vous, mais pour lui.

MARTIN, *avec empressement.*

Eh! bonjour. Comment va le ménage aujourd'hui?

THERESE.

Assez mal.

GUILLAUME.

Oh! très-mal.

THERESE.

    Oui, monsieur se déclare :
Impérieusement il s'empare
De ses droits de mari.

MARTIN, *bas à Thérèse.*

    Ne souffrez pas cela.

GUILLAUME.

En censeur madame s'érige.
Plus on veut lui céder et plus madame exige.
C'est un despote.

MARTIN, *bas à Guillaume.*

    A son coin mettez-la
D'un seul mot.

GUILLAUME.

Chaque instant aigrit son caractère.

THERESE.

Il faut sans cesse vivre en guerre.

GUILLAUME, *vivement.*

Oh! d'une telle vie à la fin je suis las.

THERESE.

J'en suis bien lasse aussi !

MARTIN.

  (*bas à Thérèse.*) (*bas à Guillaume.*)

(*haut.*)   Ferme!..... Ne cédez pas.

Tenez, mes bon voisins, je ne vois qu'avec peine
Le triste enchaînement des éternels débats
Qui sur vous de l'hymen appesantit la chaîne.
Ma foi, depuis long-tems, pour plus d'une raison,
Je ne vous crois pas faits l'un pour l'autre.

COMÉDIE.

THERESE, *sèchement*.

Hélas! non.

GUILLAUME, *très-vivement*.

Eh bien! madame, eh bien! le remède est facile.

THERESE, *avec dépit*.

Et vous ne demandez pas mieux
Que de l'employer?

GUILLAUME.

Moi?... vous le savez, grands dieux!

THERESE, *à part*.

J'en mourrai de douleur.

MARTIN, *les prenant tous deux par la main*.

La plainte est inutile
Dès que l'on peut agir; voisins, examinons
Votre cœur, votre état, vos droits, et raisonnons:
Vous vous êtes unis pour vivre heureux ensemble;
Vous aviez trouvé le bonheur.
Vous ne le trouvez plus? dénouez sans humeur,
Et de concert, le nœud qui vous rassemble.
Nous nous aimons? formons le lien le plus doux.
La nature, l'amour, la loi nous y convie;
Passons ensemble notre vie...
Nous ne nous aimons plus? adieu, séparons-nous.

(*à Guillaume.*)   (*à Thérèse.*)
Voilà les droits de l'homme, ainsi que de la femme.

GUILLAUME, *vivement*.

Vous pouvez en user, madame.

THERESE.

C'est mon projet, monsieur.

GUILLAUME.

C'est mon projet aussi;
Je veux l'exécuter demain..... dès aujourd'hui.

THERESE, *très-vivement.*

(*à Martin.*)

Et moi, dès ce moment! Rendez-moi le service
D'aller chercher le juge.

(*Martin feint d'hésiter.*)

GUILLAUME, *le pressant.*

Allez!

MARTIN, *d'un ton hypocrite.*

Hélas! j'y vais.

C'est un rôle pénible; mais
Je crois sincèrement vous rendre un bon office.

SCÈNE VI.

THERESE, GUILLAUME.

GUILLAUME.

C'EST vous qui me forcez à cette extrémité.

THERESE.

C'est vous-même, monsieur.

GUILLAUME.

C'est votre caractère.

Insupportable.

THERESE.

Oui, j'ai de la vivacité;
Et si vous en souffrez, j'en souffre la première.
Mais votre caractère est-il moins emporté?
Depuis dix ans, n'ai-je pas supporté
Vos inconstances, vos folies,
Vos inégalités et vos bizarreries,
Et votre humeur, et votre autorité?...
Mais, malheureuses que nous sommes,
Le préjugé cruel nous défend de gémir.

Victimes de la haine et de l'amour des hommes,
Notre sort fut toujours d'aimer et de souffrir.

GUILLAUME.

Vous ne souffrirez pas long-tems.

THERESE.

Mais je l'espère.

GUILLAUME.

Un époux plus heureux...

THERESE.

Une épouse plus chère...

(ici Guillaume se détourne.)

Ingrat ! tu me dédaigne   is
Tu me regretteras.

GUILLAUME, vivement, avec émotion.

Vous parlez de regrets ?...

THERESE.

Que vous éprouverez.

GUILLAUME, ironiquement.

Vous croyez ?

THÉRÈSE.

J'en suis sûre.

GUILLAUME.

Et vous, Madame ?

THÉRÈSE, avec une indifférence affectée.

Oh ! quant à moi....

GUILLAUME, piqué.

Je n'en éprouve pas plus que vous, je vous jure.
Vous croyez donc, en bonne-foi,
Que je vais consacrer ma vie
A regretter un être qui m'oublie ?

THÉRESE, avec émotion.

Je ne dis pas cela tout-à-fait.

GUILLAUME.

A-peu-près.

THÉRÈSE, *avec dépit.*

Vous interprétez mal exprès
Tous mes discours.

GUILLAUME, *avec amertume.*

Moi, Madame ! au contraire....

THÉRÈSE, *avec emportement.*

Finissons !

GUILLAUME, *impérieusement.*

Pour finir, Madame, il faut se taire.

THÉRÈSE, *croissant de dépit.*

Ma présence, Monsieur, commence à vous lasser.
Par vos discours amers vous voulez me chasser :
Epargnez-les ; je sors.

GUILLAUME, *séchement.*

Non, Madame ; de grace,
Appaisez-vous : c'est moi qui vous cède la place.

(*Il sort.*)

SCENE VII.

THÉRÈSE *seule, regardant autour d'elle.*

Il faut donc quitter pour jamais
Cette habitation chérie !
Cruel ! tu ne sais pas à quel point je t'aimois....
Mais ton orgueil feroit le malheur de ma vie ;
Et ce que l'amour veut, la raison le défend....
Allons revoir mon fils ; allons, en l'embrassant,
Soulager mon ame attendrie :
Il n'est point de chagrins qu'une mère n'oublie
Entre les bras de son enfant.

(*Elle sort à droite par la porte latérale ; Martin, le
Juge entrent en même temps par la porte du fond.*)

SCENE VIII.

LE JUGE, MARTIN.

MARTIN, *saluant.*

ENTREZ, Monsieur, entrez.

LE JUGE.

Je suis fâché d'apprendre

Que deux honnêtes gens veuillent se séparer.

MARTIN.

Je crois que c'est vraiment un service à leur rendre.

LE JUGE.

Si l'un des deux a tort, ne peut-il séparer ?...

MARTIN.

Non : ils sont brouillés pour la vie.

LE JUGE.

Je gage qu'aujourd'hui je les reconcilie.

MARTIN.

Vous n'en viendrez jamais à bout.

L'habitude a chez eux fait naître le dégoût ;

Et le dégoût l'antipathie.

LE JUGE.

Tant pis. Je l'avouerai, ce n'est qu'en gémissant

Que je vais dans ces lieux remplir mon ministère.

MARTIN.

Pourquoi donc ? tant de gens le trouvent consolant !

LE JUGE.

Hélas ! ce n'est ici le père ni la mère

Que je plains ; mais c'est leur enfant ;

Et je voudrois que la loi secourable,

Qui des époux rompt la société,

Pût sauver l'innocent de cette extrémité ;

E: que le premier fruit de la paternité,
    Fût un obstacle insurmontable
    Au divorce.

MARTIN.

        Et la liberté ?

LE JUGE, *avec feu*.

    La liberté consiste à faire
    Tout ce qui peut nous servir ou nous plaire,
    Sans nuire aux intérêts d'autrui :
Or, est-il d'intérêt plus sacré que celui
    De l'Être auquel on a donné naissance,
De l'Être dont le Ciel confie à notre cœur
    Et la foiblesse et l'innocence,
Et qui peut, en sortant de notre dépendance,
Nous demander un jour compte de son bonheur ?

MARTIN.

    Mais vous savez que la masse commune
        De la fortune des parens
Assure pour jamais l'intérêt des enfans.

LE JUGE, *vivement*.

    Il s'agit bien de la fortune !
    Quand l'innocence et la vertu
    Sont en danger, tout est perdu.

MARTIN.

Où voyez-vous ?...

LE JUGE.

            Je vois un époux, une mère
Loin du toit conjugal exilés sans retour ;
Et je vois leur enfant isolé sur la terre,
Privé, presque en naissant, de bonheur et d'amour.

MARTIN.

Mais leur amour pour lui sera toujours le même

LE JUGE.

Eh ! doit-on s'éloigner de l'Être que l'on aime ?

MARTIN.

MARTIN.

L'aime-t-on moins quand on en est absent?

LE JUGE.

Oui, l'amitié ressemble à la lumière
    Qui s'affoiblit en s'éloignant.
C'est dans ses bras qu'on doit élever son enfant;
    C'est entre son père et sa mère
    Qu'il doit croître au sein de l'amour.
C'est là qu'il doit recevoir tour à tour
Et rendre innocemment caresse pour caresse.
Il faut (car l'amitié d'un seul ne suffit pas)
Que des bras de son père il passe dans les bras
De sa mère, et, lui seul, épuise leur tendresse.
Enfin, pour affermir son heureux naturel,
Son esprit incertain, sa raison chancelante,
    Il faut sur cette jeune plante
Concentrer tous les feux de l'amour paternel.

MARTIN.

Oui; mais la Loi....

LE JUGE.

            La loi, Monsieur, est inutile
Où règnent de concert l'amour et les vertus.
    La Loi seroit bien moins facile
    Si nous étions moins corrompus.

MARTIN.

Enfin, si c'est un mal, c'est un mal nécessaire.

LE JUGE.

Je n'en accuse aussi que nos égaremens;
    Et plains la Loi des maux qu'elle est réduite à faire
        Pour en éviter de plus grands.

SCÈNE IX.

LE JUGE, THÉRÈSE, MARTIN.

THÉRÈSE.

MONSIEUR, je vous implore!

LE JUGE.

Hélas! est-il possible
Que vous abandonniez pour jamais ce séjour,
  Et qu'avec une ame sensible,
Vous quittiez des objets si chers à votre amour!

THÉRÈSE.

Monsieur, on m'y contraint.

LE JUGE.

Vous savez qu'il arrive,
Même entre les amis, souvent quelques débats.

THÉRÈSE.

Ici, c'est tous les jours. Je ne puis faire un pas
Sans que....

LE JUGE, avec amitié.

Je vous connois : vous êtes un peu vive;
Un cœur tendre est souvent trop facile à s'aigrir.

THÉRÈSE.

Non : je suis lasse à la fin de souffrir.

LE JUGE.

Que ne souffre-t-on pas de l'être que l'on aime!
  Votre époux peut avoir un peu d'humeur....

THÉRÈSE, vivement.

Un peu? beaucoup ; à tout moment, Monsieur,

LE JUGE.

Et n'en avez-vous pas vous-même?

MARTIN, *bas à Thérèse qui confondue.*
C'est l'ami de votre mari ;
Vous voyez qu'il prend son parti.

LE JUGE.

Vous ne répondez rien ?

THÉRÈSE, *séchement.*

Je n'ai rien à répondre.

Je veux me séparer.

LE JUGE.

Il faut que votre époux....

MARTIN, *bas à Thérèse.*

L'avois-je dit ?

LE JUGE, *continuant.*

Le veuille ainsi que vous.

THÉRÈSE.

Par cette objection vous croyez me confondre ;
Mais mon époux le veut très-fort ;
Et c'est-là le seul point peut-être
Sur lequel nous ayons jamais été d'accord.

LE JUGE, *doucement.*

Ah ! Thérèse, si jeune encor !

THÉRÈSE.

Je suis lasse d'avoir un maître.
Vous ne gagnerez rien sur moi ;
Ainsi n'en parlons plus.

LE JUGE.

Eh quoi !

Vous condamner si-tôt à vivre en solitude !

THÉRÈSE, *piquée.*

En solitude ?

LE JUGE.

Au lieu de ces liens si doux !...

THÉRESE, *avec dépit.*

Eh! Monsieur, point d'inquiétude :
Je crois pouvoir encor trouver un autre époux.

LE JUGE.

Les premières amours sont toujours les plus chères,
L'hymen plus d'une fois peut enchaîner nos cœurs ;
    Mais, croyez-moi, ses secondes faveurs
    Ne valent jamais les premières.

THÉRESE.

C'est ce que nous verrons.

LE JUGE.

       Thérèse, redoutez
Le repentir tardif d'une faute indiscrète.
    Nous avons une voix secrète
Qui nous dit quelquefois de dures vérités.

THÉRÈSE, *émue.*

Ah !

MARTIN, *bas à Thérèse.*

Il fait l'orateur.

LE JUGE *continuant.*

       Eh, pourquoi, je vous prie,
Sacrifier ainsi le bonheur de sa vie ?
Pour un instant d'humeur, ou bien pour quelques mots,
    Dits peut-être mal-à-propos,
Mais sans dessein....

THÉRESE.

    C'est-là ce que je nie.
Je connois mieux que vous mon époux.

LE JUGE.

       Mais enfin,
Quand de vous offenser il auroit eu dessein,
    L'en jouit tant alors que l'on pardonne !

THÉRÈSE.

Oui , mais le pardon ne s'obtient
Que quand on le demande.

LE JUGE.

Ah ! quand il aime bien,
Notre cœur se fait-il demander ce qu'il donne !

MARTIN , *bas à Thérèse.*

Il est insinuant.

THÉRÈSE , *au juge.*

En vain vous prétendez,
Pour me fléchir....

LE JUGE , *avec feu.*

Au nom de l'amour qui nous lie,
S'il n'a pas eu pour vous les meilleurs procédés,
Que l'Amitié , que la Raison l'oublie ;
Ou , si ce n'est qu'entêtement , cédez.

THÉRÈSE , *irritée.*

Que je cède !

MARTIN , *bas à Thérèse.*

Vous l'entendez.

LE JUGE.

Que de vous deux le plus aimable
Soit encor le plus raisonnable.

THÉRÈSE , *avec une ironie amère.*

Monsieur , le détour est flatteur.
Je rends hommage de grand cœur
A votre sagesse profonde ;
Et vous plaidez le mieux du monde
La cause des maris ; mais moi , bon gré malgré ,
Je veux faire divorce.

LE JUGE.

Il faut qu'il y consente...

B 3

THÉRÈSE, *s'éloignant.*

Peu m'importe.

LE JUGE.

Sinon....

THÉRÈSE.

Je ne serai contente

Que quand....

LE JUGE.

Il faut plaider.

THÉRÈSE, *sortant.*

Tant mieux! je plaiderai.

SCENE X.

LE JUGE, MARTIN.

MARTIN.

Eh bien? vous le voyez.

LE JUGE.

Leur rupture m'afflige.

Les croyez-vous brouillés sans retour?

MARTIN.

Oui, vous dis-je.

J'ai tenté vainement de les raccommoder;

Et, joignant mon avis au vôtre,

Vous m'avez vu vous seconder;

Mais ce que femme veut, Dieu le veut... Voici l'autre.

SCENE XI.

LE JUGE, GUILLAUME, MARTIN.

GUILLAUME, *au Juge.*

MONSIEUR, je vous suppose instruit
Du devoir affligeant qui chez moi vous amène.

LE JUGE.

Autant que le devoir, l'amitié m'y conduit ;
Et, je vous l'avouerai, je ne vois qu'avec peine
Que deux époux,...

GUILLAUME, *vivement.*

Nous ne le sommes plus.

LE JUGE.

Quoi ! vos liens sacrés....

GUILLAUME.

Nos liens sont rompus.

LE JUGE.

La loi....

GUILLAUME.

C'est moins la loi qui fait le mariage
Que l'amour mutuel qui vient nous animer.
Ce n'est que par l'amour que l'hymen nous engage,
On cesse d'être époux en cessant de s'aimer.

LE JUGE.

Mais la religion....

GUILLAUME.

La loi de la nature
Gravée au fond de notre cœur,
Nous porte tous à chercher le bonheur ;
Et la religion compatissante et pure,

B 4

Qui , parmi les douceurs de la fraternité ,
Fait naître les vertus et la félicité ,
Et dont la main répand les bienfaits sans mesure
            Pour consoler l'humanité ,
A ses droits les plus saints ne peut porter injure,
            Ni me faire un devoir affreux ,
            De vivre esclave et malheureux.

                LE JUGE.
Le Divorce , il est vrai , peut être nécessaire
Quand deux époux....
            GUILLAUME, vivement.
                Nous voilà donc d'accord....
        LE JUGE, avec fermeté.
            Sur un point ; mais vous êtes père :
L'Époux n'a plus raison dès que le Père a tort.
            Vous viviez dans l'indépendance ;
            Mais vous dépendez aujourd'hui
De l'Être qui de vous a reçu la naissance.
            Quoiqu'il soit en votre puissance ,
Il est bien moins à vous que vous n'êtes à lui.
Voulez-vous qu'il devienne orphelin dès l'enfance ?
                GUILLAUME.
Eh ! Monsieur , quand lassés du joug de leur hymen ,
Deux époux oubliant l'union paternelle
            Se font une guerre éternelle,
Auprès d'eux leur enfant n'est-il pas orphelin ?
                LE JUGE.
Mais la paix peut lui rendre et son père et sa mère.
                GUILLAUME.
Pour un jour...
            LE JUGE, vivement.
            C'est beaucoup.

GUILLAUME.

Hélas !

LE JUGE, *avec feu.*

Mon ministère,

Vous le savez, est celui de la paix.

C'est le plus beau qu'on puisse exercer sur la terre,

Que je me trouverois heureux, si je pouvois

D'un raccommodement vous ménager les charmes,

Et, vous voyant tous deux plus unis que jamais,

Me dire, en partageant votre ivresse et vos larmes :

« Voilà des heureux que j'ai faits » !

GUILLAUME.

Un tel bonheur, Monsieur, passe mon espérance.

LE JUGE.

Eh ! pourquoi ?

GUILLAUME, *vivement.*

Pourquoi ! l'apparence

Qu'après les torts inouis et nombreux

Que je vais vous conter !....

LE JUGE.

Tenez, j'aimerois mieux

Les ignorer.

GUILLAUME.

Il faut pourtant, ne vous déplaise,

Que vous sachiez....

LE JUGE, *avec amitié.*

Parlons des vertus de Thérèse :

Depuis dix ans qu'auprès de votre épouse

Vous passiez des momens si doux !

Vous étiez devenu l'exemple des époux.

Thérèse à tout moment ne se montroit jalouse

Que de vous plaire et de vous rendre heureux

GUILLAUME.

Hélas ! de ces beaux jours par des jours orageux,
La mémoire est presque effacée.

LE JUGE.

Tant pis ! loin de garder dans votre ame offensée
L'impression du mal , vous devez en bannir
    Jusques à la moindre pensée ,
Et ce n'est que du bien qu'on doit se souvenir.
    Souvenez-vous que Thérèse vous aime ,
      Qu'elle n'aima jamais que vous.
Son caractère change ? et qu'importe , entre nous,
Que l'esprit soit changé quand le cœur est le même ?
Le cœur de ce qu'on aime est notre premier bien ;
    Le vôtre à Thérèse appartient.
Pour elle, auprès de vous , l'amitié le réclame.

GUILLAUME, *attendri.*

Ah ! Monsieur....

MARTIN, *à part.*

    Il faiblit : allons chercher sa femme.

      (*il sort.*)

SCENE XII.

LE JUGE, GUILLAUME.

LE JUGE, *continuant.*

Cédez-lui, si vous avez tort.

GUILLAUME.

Oui ; mais si j'ai raison ?

LE JUGE.

    Eh bien , cédez encor :

Vous aurez un double mérite.
Un peu plus de tendresse et moins de vanité.
Autant que la Raison, l'Amour vous sollicite.

GUILLAUME.

Non. De cet excès de bonté
Thérèse abuseroit, je gage!
Je la connois.

LE JUGE.

Eh, mon dieu! bannissez
Cette crainte, et songez qu'il faut être en ménage,
Un peu trop bon, pour l'être assez.

SCENE XIII.

LE JUGE, GUILLAUME, MARTIN,
au fond du théâtre avec THÉRÈSE.

MARTIN, *à part à Thérèse.*

Prévenez leurs complots; ils sont en conférence.

THÉRÈSE, *accourant vers le Juge.*

Ne croyez pas, Monsieur, ce qu'on vous dit de moi.

LE JUGE.

On n'en dit que du bien.

GUILLAUME, *avec une froide ironie.*

Et l'on dit ce qu'on pense.

MARTIN, *bas à Thérèse.*

Sentez-vous le piège?

THÉRÈSE.

Je voi
Que vous êtes d'intelligence
Pour me faire changer; mais adresse, éloquence,

Complimens, soupirs, tout cela
(*le doigt sur le front.*)
Temps perdu : mon projet est là.
GUILLAUME, *au Juge.*
En ce cas , ce n'est pas la peine
De l'ébranler.
THÉRÈSE , *à Guillaume.*
Vous l'avez dit.
GUILLAUME.
Il n'est point de puissance humaine
Qui parvint....
THÉRÈSE, *avec dépit.*
Eh bien , non !
LE JUGE , *avec douceur.*
Si j'ai quelque crédit
Sur vos cœurs....
GUILLAUME, THÉRÈSE.
C'est en vain !
LE JUGE.
Que l'amitié partage
Le différend par la moitié !
THÉRÈSE.
On voit bien à votre langage ,
Que vous n'êtes pas marié.
MARTIN, *au Juge.*
Allons , séparez-les. Eh bien ! c'est leur affaire.
LE JUGE, *à Guillaume et à Thérèse.*
A remplir les devoirs d'un triste ministère
Vous me contraignez ?
GUILLAUME, THÉRÈSE.
Oui !
MARTIN, *gaîment.*
Ne perdez pas de temps.

LE JUGE.

(à part).

Soit, je cède à vos vœux. Mais ils sont père et mère,
Et c'est-là que je les attends.

(haut).

Suivez-moi tous les deux.

MARTIN.

Monsieur, en diligence

Expédiez-les.

LE JUGE, le regardant avec défiance.

(à part).

Oui. Je conçois du soupçon.

MARTIN, les conduisant et évitant les regards du Juge.

Mes bons amis, en votre absence,
Moi, je vais garder la maison.

SCÈNE XIV.

MARTIN, seul.

L'AFFAIRE est en bon train. Mais puis-je, en conscience,
Diviser deux époux qui s'aiment? Pourquoi non?
    Je suis la coutume de France.
D'ailleurs à mon projet chacun doit applaudir.
Leur joug mal assorti leur est insupportable;
Il est d'un bon ami de les en affranchir.
Thérèse est assez bien. Je suis assez passable.
    N'est-il pas naturel d'unir
Une femme charmante avec un homme aimable?

FIN DU PREMIER ACTE.

ACTE II.

SCÈNE PREMIÈRE.

MARTIN, L'ENFANT.

MARTIN, *gaîment.*

Oui, mon enfant, c'est moi qui serai ton papa.

L'ENFANT.

Vous, monsieur! ah! comment cela?

MARTIN.

Comme un autre. Tu vas quitter cette chaumière;
Et tu connois bien ma maison,
Ces beaux jardins, ce joli pavillon?

L'ENFANT.

Oui.

MARTIN.

Ce sera ton séjour ordinaire.

L'ENFANT, *vivement.*

Et mon premier papa, est-il là?

MARTIN, *l'assurant.*

Non: nous viendrons le voir.

L'ENFANT.

Bien souvent?

MARTIN, *confusément.*

Le voici.

Silence au moins.

L'ENFANT, *avec inquiétude.*

Je vais me taire.

SCÈNE II.

MARTIN, GUILLAUME, L'ENFANT.

GUILLAUME, *l'air* ... *les yeux* ... *tournés vers le ciel.*

ME voilà donc démarié !

MARTIN.

Tu ne seras donc plus contrarié !

GUILLAUME.

De mon asyle enfin la Discorde est bannie.

MARTIN.

Voici le premier jour de ta tranquillité :
Quelquefois au moins, dans ta vie,
Tu pourras te coucher sans avoir disputé.
D'avance, je t'en fais mon compliment sincère.

GUILLAUME, *regardant son fils.*

Pauvre enfant, tu n'as plus de mère !

L'ENFANT.

(*à Guillaume.*)   (*à Martin.*)

Je perds aussi maman ! Vous ne m'aviez pas dit. . . .

MARTIN, *à Guillaume, qui se trouble.*

Allons donc ! plus de force, et de cœur et d'esprit !

L'ENFANT, *pleurant.*

Maman que j'aimois tant ! si sensible ! si tendre !

GUILLAUME, *l'embrassant.*

Rassure-toi : mon cœur saura bien te la rendre.

L'ENFANT.

Me le promettez-vous ?

GUILLAUME.

Oui, je te le promets.

MARTIN, *à part.*

Ah ! je crains toujours les effets

De ces scènes attendrissantes.

(à l'en'ant, en le conduisant.)

Mon bon ami, nous allons terminer
Des affaires intéressantes.

L'ENFANT, s'éloignant.

Reviendrai-je bientôt ?

MARTIN.

Pour l'heure du dîner.

L'ENFANT s'éloignant.

Allons.... Mais souviens-toi, papa, de ta promesse.

GUILLAUME, lui tendant les bras.

Ah! je ne l'oublierai jamais!..(Martin fait sortir l'enfant.)

SCÈNE III.

MARTIN, GUILLAUME.

MARTIN.

De ta foiblesse,
En honneur, je rougis pour toi.
Dans ces occasions il faut prendre sur soi,
Et de son rôle enfin soutenir la noblesse.
Qu'un air vous affiche un air de gravité,
A merveille! c'est la coutume ;
Mais des sanglots! des pleurs!... en vérité,
C'est pécher contre le costume.

SC [IN

SCÈNE IV.

MARTIN, GUILLAUME, THÉRÈSE.

GUILLAUME, *voyant Thérèse.*

DIEUX!

MARTIN.

Qu'as-tu donc?

GUILLAUME.
Thérèse!

MARTIN.
Eh! d'où vient cet effroi?
Ce n'est plus ta femme.

GUILLAUME, *à Thérèse.*
Je crois
Deviner le sujet qui chez moi vous amène.

THERESE.
Votre cœur doit le deviner sans peine.

GUILLAUME.
Je devine en effet: vous m'allez proposer
De vous rendre vos biens. Allons . . . .

THÉRESE, *avec énergie.*
Je n'en réclame
Qu'un seul qu'on ne pourra jamais me refuser;
C'est mon fils.

GUILLAUME.
Votre fils, Madame,
Restera près de moi.

THERESE.
De quel droit!...

GUILLAUME.
Calmez-vous.

C

Vous gouverniez ici votre fils, votre époux;
Il falloit y rester: une épouse fidelle
Est tout dans sa maison, et rien hors de chez elle.

THÉRÈSE.

Eh! fussai-je exilée au bout de l'univers,
Un fils échappe-t-il au pouvoir de sa mère!
Et vos décrets, vos droits, vos préjugés divers
Peuvent-ils effacer le sacré caractère
Que la nature, que le ciel
Ont imprimé sur le front maternel!
Mon fils, soumis hier à mon pouvoir suprême,
Le méconnoit-il aujourd'hui?

GUILLAUME, *froidement.*

Mais avant de régner sur lui,
Il faudroit régner sur vous-même.

THÉRÈSE.

Régner sur moi, grands dieux! quand on veut m'arracher
Ce que mon cœur a de plus cher!...
Non! vous n'en obtiendrez jamais le sacrifice;
Et je vais dénoncer aux pieds de la justice
La plus noire des trahisons.
Notre Juge verra mes larmes. (*elle s'éloigne.*)

GUILLAUME.

Des pleurs ne sont pas des raisons.

THÉRÈSE, *revenant sur ses pas.*

Hélas! ce sont nos seules armes!...
(*vivement à Martin.*)
Mais parlez donc pour moi!

MARTIN, *embarrassé.*

Mais vous parlez au mieux.
Vous avez raison, tous les deux....
Et ne me laissez rien à dire.

Dans ces occasions je me tais et j'admire....
      Cependant voici mon avis :
Le juge va donner, suivant sa conscience,
Raison à l'un de vous. Attendez sa sentence.
Chez moi, jusqu'à ce jour, j'emmène votre fils.

        GUILLAUME.

Volontiers.

    THÉRESE, *avec inquiétude.*

   Chez vous?

    MARTIN, *bas à Thérèse.*

      Paix! c'est le coup de partie:
C'est pour vous le garder.

     THÉRESE.

    (*bas.*)   (*haut.*)

      Ah!... j'y consens aussi.

Ne puis-je l'embrasser?

    GUILLAUME, *hésitant.*

     Mais...

    MARTIN, *le conciliant.*

       Il n'est pas ici.

    THÉRESE, *avec énergie.*

Adieu donc, ou mon fils, ou la mort!

      (*elle s'éloigne.*)

    GUILLAUME, *la rappellant.*

      Mon amie!...

  (*elle s'éloigne sans vouloir l'entendre.*)

    MARTIN, *bas à Thérèse, qui sort.*

Chez moi vous viendrez le chercher.

SCÈNE V.

GUILLAUME, MARTIN.

MARTIN.

Te voilà délivré de ta femme, mon cher.
Sans le savoir, tu t'es mis à la mode;
Car avant cette loi commode,
Le Divorce existoit chez les gens comme il faut :
Monsieur vivoit dans son château;
Madame circuloit; son cœur faisoit la ronde.
Tout cela se passoit vraiment
Le plus honnêtement du monde;
On dressoit un arrangement
Dicté par la délicatesse :
« Vous me passerez ma maîtresse?
» Je vous passerai votre amant?
» Très-volontiers; la partie est égale.
» Nous aurons quelque jour l'honneur de nous revoir »...
Voilà des procédés; oui, mais pour les avoir
Il faut un peu d'usage et beaucoup de morale.

GUILLAUME.

Pour moi, je fais bien peu de cas
D'un semblable libertinage,
Et tes gens comme il faut, dont tu fais étalage,
Sont des gens comme il ne faut pas.
Pour leurs femmes....

MARTIN.

Ne t'en déplaise,
Elles ont de l'esprit, des graces, des appas.

GUILLAUME, *attendri.*

Oui, mais elles n'ont pas le cœur de ma Thérèse.

MARTIN, *gaîment.*

Allons! tu fais l'enfant. Pleurer ta femme? Hélas!
    Combien de gens voudroient être à ta place,
Et riroient de bon cœur d'une telle disgrace!
De quel siècle es-tu donc!... mais si ton cœur enfin
    Est possédé du démon de l'hymen,
Ta perte à réparer n'est pas fort difficile.
Une femme perdue, on en retrouve mille.
Oui, mais il faut choisir. Qui choisit prend le pis.
Les plus fins connoisseurs eux-mêmes y sont pris.
Aussi, sans se piquer d'une sotte constance,
    Nos amateurs ont la prudence
De choisir tous les jours; et tiens, c'est-là, je crois,
    Le parti le plus raisonnable :
    Sur trois cent soixante et cinq choix,
Bien mal vient si, par an, l'on n'en fait un passable.

GUILLAUME, *avec humeur.*

Je n'entends point tous ces calculs.

MARTIN.

                Vraiment,
    Vous autres maris de village,
Vous ne calculez rien. Mais pesons mûrement
De ton état présent le tort et l'avantage :
Si tu n'as plus de femme, il te reste un ami
Qui ne te gronde pas; et ta femme aujourd'hui
T'auroit déjà grondé dix fois.

GUILLAUME.

           Mais l'habitude....

MARTIN.

Le beau régime!

GUILLAUM

    Oui, sois persuadé
Que j'ai besoin d'être grondé :
J'y suis fait.

                  C 3

MARTIN.

Mais l'inquiétude,
Les peines d'esprit et de cœur
Que donnent l'embarras et les soins d'un ménage ?

GUILLAUME.

Crois-moi, ces chagrins-là ne sont pas sans douceur
Quand une épouse les partage.

MARTIN.

En vérité le Ciel t'a bien pétri,
Mon cher voisin, pour faire un vrai mari.

GUILLAUME. (*Ici l'enfant rentre.*)

Hélas ! que trop ! Souvent j'ai goûté mille charmes
En voyant ma Thérèse avec moi s'attendrir.
Si quelquefois ému par de vives alarmes,
Il m'échappoit des pleurs, elle y mêloit ses larmes,
Et ma douleur se changeoit en plaisir.

MARTIN, *galement.*

Le pauvre homme !

GUILLAUME.

Mon fils, image de ta mère,
C'est toi qui me consoleras.

L'ENFANT.

Mais, tu me l'as promis, toi ; tu me la rendras ?

MARTIN, *à part.*

Ceci va mal.

GUILLAUME.

Elle m'étoit bien chère !
Je la retrouve dans tes yeux.
Tes traits m'offrent des siens une image fidelle.
Je la retrouverai bien mieux,
Mon cher enfant, si tu m'aimes comme elle.

MARTIN.

(à part.)　　　　(haut.)

Eloignons cet enfant. Adieu donc.

(Il emmène l'enfant, qui résiste.)

GUILLAUME, vivement.

　　　　　Où vas-tu ?

MARTIN.

Tu sais bien qu'il est convenu

Qu'en attendant que votre juge,

Ce soir, à l'un des deux l'adjuge,

Votre fils restera chez moi.

GUILLAUME, à son fils.

Tu m'abandonnerois !

L'ENFANT, volant dans ses bras.

　　　　Non : je reste avec toi.

(à Martin.)

Laissez-moi.

GUILLAUME, à Martin.

　　Laisse-le.

MARTIN.

　　　Comment ! quelle foiblesse !

Jusqu'à ce point est-il permis d'aimer !

GUILLAUME.

Attends que tu sois père avant de me blâmer.

(à son fils qu'il embrasse.)

Moi te quitter ! jamais !

MARTIN, bas à Guillaume.

　　　Chut ! Thérèse s'avance.

Ton fils....

GUILLAUME, alarmé.

　　Il ne faut pas qu'il paroisse à ses yeux.

MARTIN.

Je l'emmène chez moi.

C 4

LE DIVORCE;

GUILLAUME, *vivement.*

Non.

MARTIN, *insistant.*

Pourquoi ?

GUILLAUME.

J'aime mieux

(*à son fils.*)

Le cacher. Entre ici.

(*Il le fait entrer par la porte latérale à gauche.*)

L'ENFANT, *hésitant.*

Tu le veux ?

GUILLAUME.

Oui. Silence !

MARTIN, *fermant la porte et prenant la clef.*

(*à part.*)

Je le tiens.

(*Il sort doucement tandis que Thérèse entre avec le juge.*)

SCENE VI.

THÉRÈSE, LE JUGE, GUILLAUME.

THÉRÈSE, *au Juge, en entrant.*

C'EST à vous, Monsieur, que j'ai recours.
Je demande mon fils, au nom de la nature,
Au nom du Ciel !

GUILLAUME.

Monsieur, je vous conjure
De m'écouter !

THÉRÈSE, *à Guillaume.*

Eh ! vos discours
Peuvent-ils balancer les larmes d'une mère !

GUILLAUME.

Mais la raison ?...

THÉRÈSE.

Qu'est-elle à côté de l'amour ?

GUILLAUME, *au Juge.*

Ecoutez la justice !

THÉRÈSE.

Ecoutez ma prière !

LE JUGE.

(*à part.*)   (*haut.*)

Je les tiens. Parlez tour à tour.

GUILLAUME.

J'y consens.

THÉRÈSE.

Pouvez-vous refuser à mes larmes
L'être à qui j'ai donné le jour !
Le fruit de mes amours, l'objet de mes alarmes,
L'enfant né dans mes bras, du sein de mes douleurs,
Couvert de mes baisers et baigné de mes pleurs !
Tout son sang est le mien, et sa vie est la mienne.
Il n'est point de lien par lequel il ne tienne
Au sein qui le conque, au sein qui l'a nourri,
Au cœur qui l'a toujours si tendrement chéri.
Cette bouche a reçu sa première caresse.
C'est en me respirant qu'il connut la tendresse ;
Le premier nom qu'il a prononcé, c'est le mien.
Son ame, son esprit, son cœur, tout m'appartient...
Il me coûte assez cher ! Que sont les frais d'un père,
Près des soins, des travaux, des douleurs d'une mère ?
Mon fils est mon trésor, mon cher fils est mon bien.
Dans les bras de sa mère il est inviolable.
Oui ! pour nous désunir il faut nous déchirer ;

Et le ciel qui m'entend, n'oseroit séparer
Ce que l'Amour et Dieu rendent inséparable.

GUILLAUME.

Monsieur, défiez-vous des pleurs
Et des soupirs. Vous savez qu'une femme
N'use de ces moyens que faute de meilleurs.

(à Thérèse.)

La nature a prescrit votre empire, Madame.
De votre fils si vous avez pris soin,
Dans les jours périlleux de sa première enfance,
C'est de moi qu'il aura besoin
Dans les jours orageux de son adolescence.
Il vous doit jusqu'ici la vie et la santé;
Mais ce courage et cette fermeté,
Cette vigueur de caractère,
Ces talens, ces vertus qui seules peuvent faire
Les hommes et les citoyens,
Un fils ne peut jamais les devoir qu'à son père.
Mon fils est un enfant dans les bras de sa mère.
Pour être un homme, il faut qu'il passe dans les miens.

(avec ame).

Eh! d'ailleurs, de quel droit une épouse volage,
En exilant le bonheur de ces lieux,
Prétend-elle encore à mes yeux
Enlever jusqu'à son image!
Prenez un autre époux et faites son bonheur.
Allez lui prodiguer vos faveurs et vos charmes.
Otez-moi tous mes biens en m'ôtant votre cœur;
Mais laissez-moi mon fils pour essuyer mes larmes!

THÉRÈSE, émue.

Vos larmes?

GUILLAUME.

Ah! ce ne sont pas

De ces larmes délicieuses
Que nous versions ensemble!

THÉRÈSE, *à part.*

Hélas!

Quels regrets!

GUILLAUME, *à part.*

Quels tourmens!

LE JUGE, *à part, en les considérant.*

Ah! qu'il faut de combats
Pour séparer deux ames vertueuses!
(*haut*) Mes amis, je vais prononcer...
Vous tremblez?

GUILLAUME, *tremblant.*

Ce n'est rien.

THÉRÈSE, *de même.*

Cela va se passer.

Parlez.

SCENE VII.

THERESE, LE JUGE, GUILLAUME, MARTIN, *au fond du théâtre.*

MARTIN, *à part.*

J'ARRIVE à temps!

LE JUGE, *prononçant.*

Vos droits étant les mêmes,
Et la loi ne pouvant diviser votre bien,
Pour en jouir tous deux, vivez ensemble.

(*il s'éloigne un peu, en les observant.*)

THÉRÈSE, *timidement à Guillaume.*

Eh bien?

GUILLAUME, *indécis.*

(*à Martin, qui se place entre eux.*)

Mais.. moi... Qu'en pensez-vous?

MARTIN.

Ma foi , petit moyen.
Cet homme-là craint les extrêmes
Et cherche un parti mitoyen.

LE JUGE, *cherchant au fond du théâtre.*

Si je trouvais leur fils !..

MARTIN, *continuant.*

Je voudrois tout ou rien.

THÉRÈSE, *voyant le Juge s'éloigner.*

Notre Juge s'en va?

(*Ici , le Juge frappe à toutes les portes.*)

MARTIN.

Tant mieux! Tenez , je gage
Que , n'ayant pu trouver moyen de s'en tirer ,
Il vous a débité , suivant le vieil usage ,
Un beau sermon pour vous faire pleurer...
Mais que vois-je ! auroit-il vraiment touché votre ame ?
Le tour seroit plaisant , d'honneur !

GUILLAUME, *s'essuyant les yeux.*

Je n'ai pleuré qu'après Madame.

THÉRÈSE, *de même.*

Je n'ai pleuré qu'après Monsieur.

(*Le Juge paroît à une fenêtre ovale , au-dessus de la
porte , au milieu.*)

MARTIN.

Et voilà justement comme on gâte une affaire.

LE JUGE, *écoutant à la porte.*

Je crois que je l'entends.

MARTIN, *à tous deux.*

(*emmenant Thérèse, qui à l'air.*)

Un peu plus de vigueur !
Ah ! bons dieux ! qu'un divorce est difficile à faire !
Allons!... (*elle le suit avec contrainte.*)

COMÉDIE.

L'ENFANT, *à la fenêtre, avec un grand cri.*
Maman !

GUILLAUME, *appercevant son fils.*
Ciel !

LE JUGE, *de même.*
Bon !

THÉRÈSE, *accourant et lui tendant les bras.*
Mon fils !

MARTIN, *à part.*
Tout est perdu !

LE JUGE, *montrant Martin.*
Voilà le voisin confondu.

L'ENFANT, *voulant s'élancer.*
Reçois-moi dans tes bras.

THÉRÈSE, *très-vivement.*
Non, mon enfant, de grace !
Arrête !

L'ENFANT.
Ouvre-moi donc, au moins, que je t'embrasse.

THÉRÈSE, *allant pour ouvrir.*
(*avec surprise.*)
Descends.... La clef ?

GUILLAUME, *étonné.*
Comment !

LE JUGE, *regardant Martin embarrassé.*
On la retrouvera.

MARTIN, *à part.*
Je tremble !

THÉRÈSE, *à Guillaume.*
Eh bien ?

GUILLAUME.
Pignore...

LE JUGE, *montrant Martin.*
Elle est là, je parie....

MARTIN, *la rendant avec confusion.*
La voici.

THÉRÈSE, *la prenant vivement.*

Dans vos mains! (*elle ouvre; l'enfant sort.*)

MARTIN, *s'esquivant.*

Point de cérémonie;
Serviteur. (*il sort malgré le Juge.*)

THÉRÈSE, *prenant son fils dans ses bras.*
Cher enfant!

L'ENFANT.

Ma mère, te voilà!

(*à Guillaume.*)
Papa, tu me tiens ta promesse.

THÉRÈSE, *le retenant.*
Ah! ne me quitte point, mon cher fils, reste-là.
Voyons qui t'en arrachera!

GUILLAUME.

Mon cher fils, m'aurois-tu privé de ta tendresse?

L'ENFANT, *courant à lui.*
Non, tu l'as toujours.

THÉRÈSE, *désespérée.*
Ah! grands dieux!

GUILLAUME.

Mon fils est à son père...

THÉRÈSE.

A sa mère...

L'ENFANT, *leur tendant les bras.*
A tous deux;

LE JUGE, *leur montrant l'enfant.*
La nature a parlé.

THÉRÈSE, *au juge.*
Que mes pleurs vous fléchissent!

GUILLAUME.

Monsieur, pourriez-vous m'arracher!...

LE JUGE, *avec feu.*

Eh ! ne voyez-vous pas que cet enfant si cher,
Sur lequel de concert vos vœux se réunissent,
Est le centre commun où vos cœurs aboutissent?
Que vous vous adorez encore, malgré vous,
Dans l'Être qui confond votre double existence;
Et qu'il n'est point de loi, qu'il n'est point de distance
Qui vous puisse affranchir de ces liens si doux,
Dont l'amour paternel enchaîne les époux?

GUILLAUME, THÉRESE, *à part.*

Hélas !

LE JUGE, *continuant.*

Renoncez tous les deux
A la fidélité que vous avez jurée.
Oubliez vos sermens : mais voici d'autres nœuds :

(*il leur fait tenir chacun une main de l'enfant placé entre eux*)

Rompez, si vous l'osez, cette chaîne sacrée !

GUILLAUME, THÉRESE.

Cher enfant !

THÉRESE, *à Guillaume.*

Tu chéris ton fils ;
Souviens-toi que je suis sa mère.

GUILLAUME.

Pardonne les torts de son père!

L'ENFANT.

Allons, ne pleurez plus, et soyez bons amis.

GUILLAUME, *embrassant son fils et son épouse.*

Oui, mon enfant.

THÉRESE, *de même.*

Oui, pour la vie.

LE JUGE, *les considérant.*

Ainsi tous les époux puissent-ils être unis !

THÉRÈSE.

Mon tendre ami.

GUILLAUME.

Ma tendre amie,

Si quelqu'événement dont je ne réponds pas...

THÉRÈSE.

Si quelque parole.... indiscrète,

Entre nous désormais cause quelques débats.

GUILLAUME.

Prenons en même temps notre enfant dans nos bras...

THÉRÈSE, *vivement.*

Et la paix sera bientôt faite.

GUILLAUME.

Notre voisin s'est éclipsé ?

LE JUGE.

Sa présence en ces lieux n'étoit plus nécessaire :

Quand l'honnête homme enfin se voit désabusé,

Le méchant disparoît, et son règne est passé.

L'ENFANT.

Il disoit qu'il seroit mon papa.

GUILLAUME, *avec indignation.*

Lui, ton père !

(*avec douceur.*)

Il nous a fait du mal : allons, il faut le taire.

THÉRÈSE.

Et même, s'il se peut, il le faut oublier.

(*ici Guillaume et Thérèse, après s'être consultés, se présentent au juge.*)

LE JUGE.

(*à part.*)   (*haut.*)

Quelle vengeance ! Eh bien ?

COMEDIE.

GUILLAUME.

Pourrions-nous vous prier

D'un service?

LE JUGE.

De quoi?

THÉRÈSE, *naïvement.*

De nous remarier.

LE JUGE, *souriant.*

Il n'en est pas besoin.

GUILLAUME, *avec joie.*

Vraiment!

LE JUGE.

Mon ministère

Ne pouvoit sur-le-champ rompre vos nœuds sacrés.

GUILLAUME.

Ne nous avez-vous pas ce matin séparés?

LE JUGE, *vivement.*

Je ne l'aurois pas fait si j'avois pu le faire.

THÉRÈSE.

Quoi! vous nous trompiez?

LE JUGE.

Oui. Je crois

Que vous me pardonnez cette innocente ruse.

J'étois sûr que l'Amour, en reprenant ses droits,

Auprès de vous me serviroit d'excuse.

THÉRÈSE, *avec ame.*

Ah, vous nous connoissiez.

LE JUGE.

Souvenez-vous donc bien

Que les époux unis par un hymen stérile

Peuvent se dégager de sa chaine inutile;

(*il montre l'enfant.*)

Mais qu'un père, une mère, unis par ce lien;

D

LE DIVORCE

N'ont pas le droit de compromettre,
Pour s'affranchir, le sort de leur enfant ;
Et que la Loi gémit souvent,
Quand vous la forcez de permettre
Ce que la Nature défend.

FIN.

De l'Imprimerie de CRAPELET, rue Jean-de-Beauvais, n°. 3.

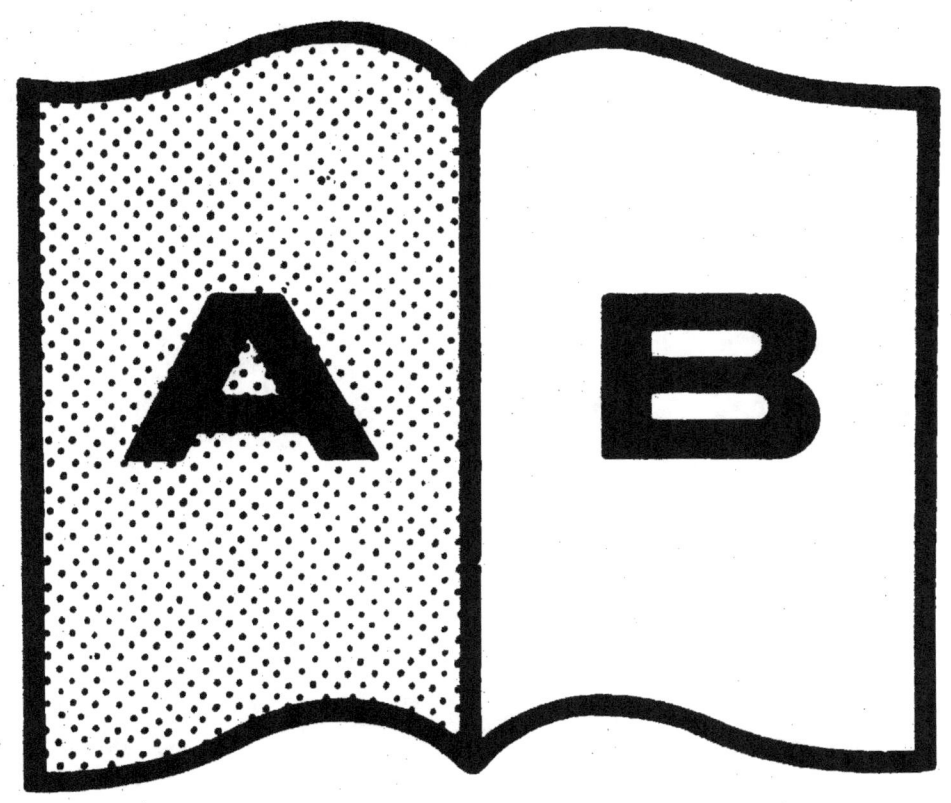

Contraste insuffisant

NF Z 43-120-14

www.ingramcontent.com/pod-product-compliance
Lightning Source LLC
Chambersburg PA
CBHW061654180626
46818CB00003B/1093